LOS NAUFRAGIOS
DE LOS GRANDES LAGOS

Melissa Raé Shofner
Traducido por Ana María García

Gareth Stevens
PUBLISHING

Please visit our website, www.garethstevens.com. For a free color catalog of all our high-quality books, call toll free 1-800-542-2595 or fax 1-877-542-2596.

Cataloging-in-Publication Data

Names: Shofner, Melissa Raé.
Title: Los naufragios de los Grandes Lagos / Melissa Raé Shofner, Ana María García.
Description: New York : Gareth Stevens, 2017. | Series: La historia oculta | Includes index.
Identifiers: ISBN 9781482462265 (pbk.) | ISBN 9781482462272 (library bound) | ISBN 9781482461527 (6 pack)
Subjects: LCSH: Shipwrecks–Great Lakes (North America)–History–Juvenile literature. | Shipwrecks–Juvenile literature.
Classification: LCC G525.S56 2017 | DDC 917.704–dc23

First Edition

Published in 2017 by
Gareth Stevens Publishing
111 East 14th Street, Suite 349
New York, NY 10003

Translator: Ana María García
Editorial Director, Spanish: Nathalie Beullens-Maoui
Editor, Spanish: Cristina Brusca
Editor, English: Therese Shea
Designer: Katelyn E. Reynolds

Photo credits: Cover, p. 1 Rolf Hicker/All Canada Photos/Getty Images; cover, pp. 1–32 (tear element) Shahril KHMD/Shutterstock.com; cover, pp. 1–32 (background texture) cornflower/Shutterstock.com; cover, pp. 1–32 (background colored texture) K.NarlochLiberra/Shutterstock.com; cover, pp. 1–32 (photo texture) DarkBird/Shutterstock.com; cover, pp. 1–32 (notebook paper) Tolga TEZCAN/Shutterstock.com; p. 5 Brian J. Skerry/National Geographic/Getty Images; p. 7 (inset) K8 fan/Wikipedia.org; p. 7 (main) BotMultichill/Wikipedia.org; p. 9 (inset) Thegreatdr/Wikipedia.org; p. 9 (main) Nanamac47/Wikipedia.org; p. 11 Bill Curtsinger/National Geographic/Getty Images; p. 13 Stephen Frink/Image Source/Getty Images; p. 15 (inset) Royalbroil/Wikipedia.org; p. 15 (main) T2nelson/Wikipedia.org; p. 17 Howicus/Wikipedia.org; p. 19 (inset) Mtsmallwood/Wikipedia.org; p. 19 (main) Shyamal/Wikipedia.org; p. 21 Rainer Lesniewski/Shutterstock.com; p. 23 (inset) Layne Kennedy/Corbis Documentary/Getty Images; p. 23 (main) Greenmars/Wikipedia.org; p. 25 Toronto Star Archives/Toronto Star via Getty Images; p. 27 Kilian FICHOU/AFP/Getty Images; p. 29 U.S. Army Corps of Engineers Detroit District/Wikipedia.org.

Printed in the United States of America

CPSIA compliance information: Batch #CW17GS: For further information contact Gareth Stevens, New York, New York at 1-800-542-2595.

CONTENIDO

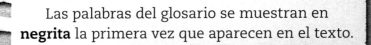
Las palabras del glosario se muestran en **negrita** la primera vez que aparecen en el texto.

LA HISTORIA SUMERGIDA

Durante una noche fría y oscura, en febrero de 1899, el hielo del lago Michigan dañó el casco del *John V. Moran*, un barco de vapor que llevaba harina y otras mercancías. La tripulación fue rescatada por otro barco que se encontraba cerca y que volvió al día siguiente para remolcar el barco hasta la orilla. Sin embargo, enseguida se dieron cuenta de que no había forma de salvar el barco. Allí dejaron el *Moran* para que se hundiera, lo que ocurrió pasados unos días. No se volvió a ver durante 116 años.

Imprevisible, o inseguro, el clima hace que las aguas de los Grandes Lagos sean de las más peligrosas del mundo. De hecho, el *Moran* es solo uno de los varios miles de naufragios que han tenido lugar en los lagos desde el siglo XVII. ¡Hay muchas historias ocultas en las escalofriantes aguas de los Grandes Lagos!

AL DESCUBIERTO

Aproximadamente una quinta parte de todos los naufragios de los Grandes Lagos se encuentran en las aguas del lago Michigan. Únicamente el lago Hurón tiene más.

PERFECTAMENTE CONSERVADOS

El 4 de junio de 2015, un equipo de la Asociación para la Investigación de Naufragios de Michigan (MSRA) descubrió un naufragio en su **sonar**. Los científicos usaron un **vehículo operado remotamente**, o ROV, para filmar un vídeo del naufragio. Resultó ser el *John V. Moran*. Para sorpresa de todos, el barco se encontraba en perfectas condiciones, aun después de estar en el fondo del lago por más de 100 años. ¡El *Moran* parece haber perdido una sola pieza!

Gracias a los ROV las personas pueden explorar, con seguridad, las profundidades de los Grandes Lagos. Todavía queda mucho por descubrir, incluyendo muchos naufragios perdidos.

5

LOS GRANDES LAGOS

Los Grandes Lagos están situados en la región noreste de Estados Unidos. El lago Hurón, el Superior, el Erie y el lago Ontario comparten frontera con Canadá, pero el lago Michigan está ubicado completamente en Estados Unidos. Muchos ríos y vías fluviales más pequeñas conectan los cinco lagos. Todos juntos, los Grandes Lagos forman el cuerpo más grande de agua dulce del planeta. Constituyen aproximadamente el 20% del agua fresca de la superficie de la tierra.

Los Grandes Lagos se formaron de un glaciar que cubría la zona hace aproximadamente 14,000 años. El glaciar tenía más de media milla (0.8 kilómetros) de espesor y formó los lagos cuando se derritió y desplazó a través de la región. Hoy en día, los Grandes Lagos cubren cerca de 95,000 millas cuadradas (246,050 kilómetros cuadrados) y contienen 6,000 billones de galones (22,7 mil billones de litros) de agua.

AL DESCUBIERTO

Los expertos estiman que han ocurrido más de 6,000 naufragios y 30,000 muertes a causa de ellos en los Grandes Lagos.

LA TRAGEDIA DE UN PASEO EN BARCO

El SS *Eastland* era un barco turístico, también conocido como "Speed Queen of the Great Lakes", o la reina de la velocidad de los Grandes Lagos. El 24 de julio de 1915, el *Eastland* se disponía a llevar a los empleados de la Western Electric y a sus familias en un viaje de placer por el lago Michigan. Lamentablemente, el barco nunca zarpó del muelle en el río Chicago. Todos subieron a bordo, y el *Eastland* se volcó en el río. De las 2,500 personas a bordo, 844 perecieron, entre ellas, 22 familias enteras.

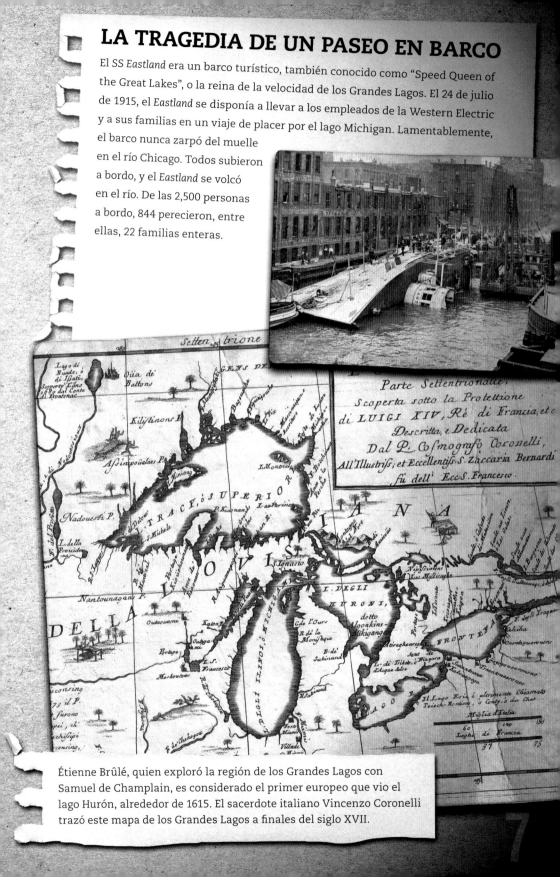

Étienne Brûlé, quien exploró la región de los Grandes Lagos con Samuel de Champlain, es considerado el primer europeo que vio el lago Hurón, alrededor de 1615. El sacerdote italiano Vincenzo Coronelli trazó este mapa de los Grandes Lagos a finales del siglo XVII.

VIAJES TRAICIONEROS

En los Grandes Lagos se encuentran más de 30,000 islas. Muchas de ellas son muy pequeñas. Los Grandes Lagos y los ríos que los conectan también contienen arrecifes rocosos. Para que los barcos grandes puedan pasar, a veces se eliminan estos arrecifes. En algunos lugares, sin embargo, se están construyendo nuevos arrecifes artificiales para ayudar a las poblaciones de peces que están en peligro de extinción, precisamente por la falta de arrecifes.

Navegar por las islas y los arrecifes de los Grandes Lagos puede resultar difícil para los barcos, especialmente bajo condiciones climáticas peligrosas. Las tormentas que tienen lugar sobre los lagos pueden provocar fuertes vientos, que a su vez generan grandes olas. El agua templada de los lagos y el aire frío también pueden causar intensas e impredecibles tormentas de nieve. Cuando las temperaturas bajan mucho, el hielo es también un problema serio para los barcos.

AL DESCUBIERTO

La isla Manitoulin, en el lago Hurón, es la isla más grande situada en un cuerpo de agua dulce. Algunos creen que *Le Griffon* el primer barco que navegó los Grandes Lagos además de los nativos de la región, naufragó cerca de la isla Manitoulin en 1679.

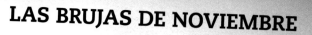

LAS BRUJAS DE NOVIEMBRE

Noviembre es históricamente un mal mes para los naufragios en los Grandes Lagos. Las cálidas aguas y el aire frío de Canadá se combinan con frecuencia en esta época. Entonces pueden producirse fuertes tormentas, llamadas "las brujas de noviembre". Estas tormentas pueden acarrear granizo, aguanieve, nieve e incluso vientos de fuerza **huracanada**.

La tormenta Mataafa, ocurrida en 1905, es una famosa bruja de noviembre llamada así por el trágico naufragio del barco *Mataafa* en el lago Superior. La gente observaba horrorizada desde la orilla mientras este se hacía pedazos, fuera del alcance de los equipos de rescate.

Vientos fuertes, olas grandes y aire frío han cubierto el faro del lago Michigan con una gruesa capa de hielo. Lo mismo puede pasar a los barcos en los Grandes Lagos.

BUCEAR
EN EL PASADO

Los arqueólogos submarinos estudian los naufragios. A partir de la investigación de los barcos que allí se hundieron, aprenden cómo las personas, las mercancías y las ideas fueron una vez transportadas a través de los Grandes Lagos. También pueden averiguar cómo se construyeron los barcos y qué causó que se hundieran. Sin embargo, no todos los que estudian los naufragios son científicos. Muchos buzos aficionados exploran naufragios y hacen descubrimientos históricos importantes.

Muchos de los instrumentos utilizados en arqueología submarina son similares a los usados en tierra firme. Los científicos que **documentan** y trazan mapas de naufragios utilizan un papel impermeable, llamado Mylar, y lápices normales. Una herramienta especial submarina es la manguera de vacío llamada draga, que absorbe el agua y los sedimentos. Una pantalla flotante tamiza el sedimento para encontrar pequeños trozos de hueso o **artefactos**.

AL DESCUBIERTO

No todos los naufragios son accidentes. Algunos barcos son hundidos intencionadamente. El *Effie Mae* fue hundido en el lago Ontario y se ha convertido en una atracción de buceo submarino.

CONEXIONES AMBIENTALES

Los naufragios nos aportan mucha información sobre la historia, pero también pueden informarnos sobre el **medio ambiente**. Estudiando los naufragios de los Grandes Lagos, los científicos aprenden cómo funcionan las corrientes de cada uno de ellos. Las aguas del lago Michigan, por ejemplo, se mueven circularmente de una forma extraña y lenta. Los naufragios también revelan que los errores humanos y la **tecnología** pueden cambiar y ocasionar daños ambientales. Los barcos hundidos se convierten en parte del entorno submarino, y los biólogos estudian los organismos que viven alrededor de los naufragios.

Este arqueólogo explora un barco ballenero encontrado bajo un galeón hundido. El galeón era un tipo de barco usado entre los años 1400 y 1600.

Los naufragios de los Grandes Lagos son **cápsulas del tiempo** sumergidas. Dado que grandes navíos comenzaron a navegar los lagos en el siglo XVII, los naufragios más antiguos pueden contener artefactos de más de 300 años. A diferencia de otros lugares históricos, como pueden ser los templos o las tumbas, no hay tiempo en un naufragio para hacer arreglos para el funeral. Un naufragio ofrece una foto histórica del momento en el que ocurrió.

Como los artefactos son pistas que ayudan a desvelar misterios del pasado, el buzo aficionado no debe ni moverlos ni llevárselos. Cuando estudian un naufragio, los científicos registran cada sección con gran detalle. Hacen dibujos y toman apuntes, fotografías y vídeos para documentar la historia del barco. Normalmente surgen muchas preguntas, incluso después del descubrimiento de un barco. No siempre sabemos qué causó el hundimiento de la embarcación.

JAMES LOCKWOOD, UN BUZO LEGENDARIO

James Lockwood fue un explorador de naufragios de los Grandes Lagos. Fue también un buzo pionero. Hizo su propio equipo de buzo y creó una caja con una cámara submarina para las películas de Tarzán de los años treinta. Además, construyó soportes submarinos para la película 20,000 *Leguas de viaje submarino*. Mientras estuvo en la Marina en la década de 1940, rescató pilotos cuyos aviones se habían estrellado contra el lago Michigan. Lockwood también editó una revista de buceo y escribió y dio clases sobre sus muchas invenciones y descubrimientos.

El agua salada del océano puede hacer que los restos de los naufragios se deterioren, o se deshagan, pero las aguas frías de los Grandes Lagos generalmente los mantienen en excelentes condiciones.

Este buzo explora un naufragio. Estar dentro de un barco hundido puede ser peligroso; por eso muchos exploradores nadan solo alrededor de los barcos naufragados.

CARGAMENTOS EXTRAÑOS

Algunas extrañas cargas se han hundido en los naufragios del lago Michigan. El *Francisco Morazan* encalló durante una ventisca en febrero de 1960. El barco llevaba 2 toneladas (1.8 toneladas métricas) de tapas de botellas, 95 toneladas (86 toneladas métricas) de pollo enlatado y más de 2 toneladas de cabello, entre otras cosas extrañas. Los vecinos se quedaron con la mayor parte de la carga, y un fuego destruyó lo que no se llevaron en 1968. Hoy, las aves marinas viven en los restos que permanecen sobre el agua.

En 1929, el SS *Milwaukee* se cargó con 27 vagones de trenes que transportaban de todo, desde bañeras hasta queso. El barco zarpó, a pesar de que el tiempo era malo, y pronto se hundió. Más tarde, los buzos descubrieron que los vagones del tren se habían soltado ocasionándole daño irreparable al barco. Los vagones del tren siguen dentro de los restos del naufragio, a 115 pies (35 metros) bajo el agua.

AL DESCUBIERTO

En vez de llevar trajes de neopreno, que no impiden que la piel se moje, los buzos de los Grandes Lagos llevan trajes secos, bajo los cuales pueden ponerse ropa abrigada, que permanecerá completamente seca, y así mantenerse cómodos en las frías aguas del lago.

UN DESCUBRIMIENTO ACCIDENTAL

A veces se producen los descubrimientos más asombrosos cuando en realidad se busca otra cosa. Así ocurrió en 1971 cuando Kent Bellrichard buscaba el *Vernon* en el lago Michigan, un barco de vapor que se hundió en 1887. Cuando Bellrichard encontró los restos su linterna se rompió, y tuvo que orientarse en el agua turbia. Enseguida se dio cuenta de que en vez del *Vernon*, había encontrado los restos del legendario *Rouse Simmons*, una **goleta** de tres mástiles que se hundió en 1912.

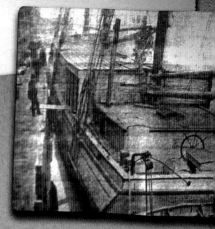

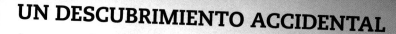

Los dueños del *Francisco Morazan*, arriba, nunca fueron encontrados. No se ha hecho nada para remover esta embarcación. La foto de arriba a la derecha es la última que se le tomó al *Rouse Simmons*.

CARGA
PELIGROSA

Algunos naufragios han podido provocar un **desastre** medioambiental. El *Argo* hacía su travesía a través del lago Erie, en octubre de 1937, cuando se levantaron fuertes vientos. El barco no había sido construido para hacer frente al imprevisible tiempo de los Grandes Lagos y no debería habérsele permitido que navegara por ellos. Incapaz de hacer frente a la tormenta, el *Argo* desapareció bajo las olas y no se encontró durante casi 80 años.

Cuando finalmente lo localizaron, los buzos descubrieron que una sustancia posiblemente tóxica rezumaba de los restos. Llevaban a bordo aproximadamente 100,000 galones (378,540 litros) de disolvente de benzol, similar al disolvente de pintura. Los esfuerzos de contención y limpieza duraron 2 meses, pero los equipos especialistas lograron eliminar el benzol de manera segura limpiando la zona, limitando el daño al medio ambiente.

AL DESCUBIERTO

Se ha fabricado un tipo especial de barco para transportar cargamentos en los Grandes Lagos. Se conocen como *lakers*.

¡EXPLOSIÓN!

En la noche del 29 de octubre de 1951, la barcaza de carga *Morania* fue accidentalmente remolcada en la trayectoria del *Penobscot*, un barco de vapor. Ambos barcos chocaron el uno con el otro cerca del río Búfalo, que vacía sus aguas en el extremo oriental del lago Erie. Cuando el *Penobscot* arrancó, los 800,000 galones (3,028,300 litros) de gasolina que transportaba el *Morania* se prendieron fuego. Hubo una explosión y 11 tripulantes murieron.

En 1883, el *Erie Belle* trataba de remolcar la goleta *J. N. Carter* afuera de la dársena cuando su caldera explotó, causando la muerte de 4 miembros de la tripulación.

UN GOLPE DEL DESTINO

Los barcos que transportaban carga mineral en los Grandes Lagos ayudaron a propulsar la **Revolución Industrial** en Estados Unidos. El barco de vapor de madera *Monohansett* transportaba mineral de hierro a través del lago Superior a finales del siglo XIX. De 167 pies (51 metros) de largo, era mucho más pequeño que los buques de carga de 1,000 pies (305 metros) actuales. Sin embargo, era uno de los primeros barcos que presentaban los elementos de diseño básicos de los cargueros modernos, incluyendo amplias cubiertas abiertas y escotillas que permitían verter fácilmente la carga en las bodegas.

En noviembre de 1907, el *Monohansett* llegó a salvo, durante una fuerte tormenta, a una isla en el lago Hurón. En un golpe de mala suerte, un accidente con una linterna incendió el barco. La tripulación, compuesta por 12 personas, se salvó, pero el *Monohansett* no tardó en hundirse.

AL DESCUBIERTO

Cuando el barco de vapor *City of Grand Rapids* se prendió fuego en 1907, se le remolcó hasta el lago Hurón para que terminara de quemarse. La estructura metálica de un piano, que una vez sirvió de entretenimiento en el barco, todavía puede verse entre los restos cerca de Big Tub Harbor.

UN BOSQUE SUBMARINO

En 1926, el *Herman H. Hettler* se estrelló contra un arrecife de rocas en el lago Superior mientras buscaba refugio durante una tormenta. Después de una segunda tormenta, se abandonó el barco para que se hundiese. Años más tarde, los buzos encontraron un árbol entre los restos. Pruebas científicas determinaron que el árbol tenía aproximadamente, ¡7900 años! Los científicos piensan que en ese lugar pudo haber crecido un bosque hace miles de años, cuando el nivel del agua del lago Superior era más bajo. Quizás nunca lo hubieran descubierto si no se hubiera hundido el barco.

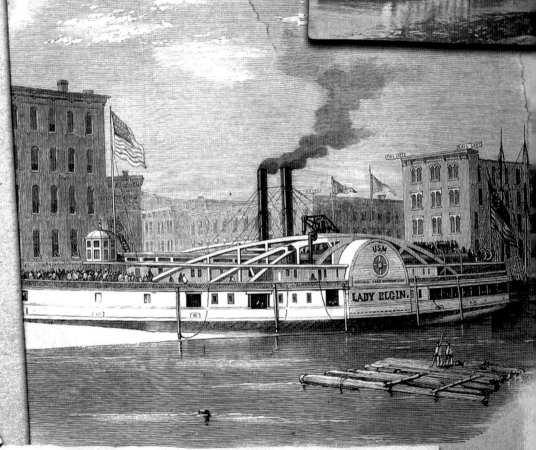

Casi 300 personas murieron cuando el *Augusta* chocó accidentalmente contra el *Lady Elgin* durante una noche de tormenta, en septiembre de 1860, en el lago Michigan. Cuatro años más tarde, se aprobó una ley que requería que los barcos tuvieran luces de situación para que se vieran claramente.

19

EL HURACÁN BLANCO

Durante 5 días, en noviembre de 1913, dos fuertes tormentas combinaron fuerzas y azotaron los Grandes Lagos. Esta "bruja de noviembre", la peor en la historia de los lagos, es conocida con varios nombres, entre los que se encuentran el *Huracán Blanco* y la *Gran Tormenta de 1913*. El lago Hurón fue golpeado duramente, pero también hubo grandes naufragios en los lagos Erie, Michigan y Superior.

Un respiro en la tormenta, el 9 de noviembre, hizo pensar a muchos capitanes de barco que era seguro volver a salir. Por la noche, sin embargo, la tormenta volvió con toda su fuerza. Vientos huracanados y olas de 35 pies (10.7 metros) dieron paso a condiciones terriblemente peligrosas. Un total de 12 barcos se hundieron sin dejar supervivientes. El *Edwin F. Holmes* fue uno de los pocos que se encontraba en aguas abiertas y que sobrevivió a la tormenta.

AL DESCUBIERTO

Barcos de recreo y comerciales todavía hoy navegan por los Grandes Lagos, pero ya no hay tantos accidentes como solía haber, gracias a las mejoras en seguridad y tecnología.

DAVE TROTTER, UN BUZO LEGENDARIO

Dave Trotter está fascinado con la historia oculta de los Grandes Lagos. Ha explorado y documentado naufragios durante 40 años. Tras buscarlo durante casi 30 años, recientemente localizó el *Hydrus*, un barco que se hundió en el lago Hurón durante la Gran Tormenta de 1913. Trotter fundó la *Undersea Research Associates*, una asociación que utiliza un sonar especial para documentar la historia submarina. Su trabajo ha preparado el terreno para explorar más profundamente los Grandes Lagos.

NAUFRAGIOS
DEL HURACÁN BLANCO

CANADÁ

lago Superior

↘ pérdida total
↘ barco varado

lago Hurón

WI

lago Ontario

lago Michigan

MI

NY

lago Erie

IL

IN

OH

PA

El *Huracán Blanco* de noviembre de 1913 ocasionó la muerte de aproximadamente 235 personas, convirtiéndolo en la peor catástrofe natural que golpeó los Grandes Lagos. Este mapa muestra dónde ocurrieron los naufragios de los que se tiene conocimiento. Todavía hay puntos en los cuales tuvieron lugar algunos naufragios que siguen siendo desconocidos.

UN DESASTRE RECIENTE

La tragedia del *Edmund Fitzgerald* es uno de los naufragios más conocidos de todos los tiempos. Es también el más reciente ocurrido en los Grandes Lagos.

El *Fitzgerald* y el *Arthur M. Anderson* navegaban juntos por el lago Superior el 10 de noviembre de 1975. El día anterior había sido anunciada una fuerte tormenta en la zona, y los dos barcos trataban de ponerse a salvo. Enormes olas y fuertes vientos azotaron ambos barcos, y el *Anderson* perdió de vista el *Fitzgerald*, varias millas por delante. Un total de 29 hombres perdieron la vida cuando el *Fitzgerald* se hundió, y los cuerpos nunca fueron recuperados. Llevó más de un año encontrar los restos, y aún no se sabe exactamente qué es lo que pasó.

AL DESCUBIERTO

Hay muchas teorías acerca de lo que causó el hundimiento del *Edmund Fitzgerald*. Muchos piensan que enormes olas, causadas por la terrible tormenta, destrozaron el barco.

EN HONOR A LOS QUE MURIERON

Los restos del buque *Fitzgerald* se convirtieron en una zona popular de buceo, lo cual causaba disgusto a los familiares que perdieron a sus seres queridos. No querían buzos merodeando por el lugar. Para honrar a aquellos que fallecieron en la tragedia, la sociedad histórica de naufragios en los Grandes Lagos, *Great Lakes Shipwreck Historical Society*, dio un permiso especial para que la campana del barco fuera llevada a tierra como monumento conmemorativo. Una copia de la campana fue colocada en los restos del barco a modo de lápida. En ella están inscritos los nombres de los que murieron.

Este es el *Edmund Fitzgerald* en 1971, 4 años antes de que se hundiera durante una tormenta en el lago Superior.

23

RESTOS POCO PROFUNDOS

El lago Superior es el lago más profundo, con más de 1,300 pies (396 metros). El lago Erie es el menos profundo de los Grandes Lagos. Su punto más profundo es de aproximadamente 210 pies (64 metros). Algunos naufragios tienen lugar en aguas abiertas, en la zona más profunda, pero muchos ocurren justo cerca de la costa. Algunos de ellos se quedan sumergidos en aguas poco profundas, mientras que otros se pueden ver parcialmente sobre la superficie. Las zonas poco profundas de buceo son populares porque los buzos aficionados pueden explorar con más facilidad.

En la primavera de 2015, el lago Michigan estaba transparente. El hielo del lago se había derretido, y las algas aún no habían florecido. Los pilotos guardacostas se dieron cuenta de que podían ver más naufragios que de costumbre cuando sobrevolaban el lago. Así dieron con uno que se remontaba a 1848; otros, sin embargo, no pudieron ser identificados.

AL DESCUBIERTO

Los paseos en barco frente a la costa del lago Superior permiten explorar los naufragios poco profundos sin necesidad de entrar al agua y mojarse.

PRESERVAR LA HISTORIA

La madera se deteriora, por lo que los artefactos de madera saturados o mojados de agua requieren un cuidado especial. Cuando se sacan del agua, necesitan que se les mantenga mojados, tal y como se encontraron. En el laboratorio, los científicos utilizan métodos de conservación, incluyendo productos químicos, cuando secan y restauran los artefactos, con el fin de protegerlos de un mayor deterioro. La conservación cuesta tiempo y dinero, pero la preservación es importante, pues gracias a ella la historia puede ser compartida con las futuras generaciones.

En los Grandes Lagos, la Guardia Costera de EE.UU. ha salvado la vida de muchos marineros. Aquí se ve trasladar a un marinero en bote de goma, desde su embarcación hasta un avión de rescate.

EL PROBLEMA DE LAS PLAGAS

Los mejillones cebra y los mejillones quagga son especies invasivas en los Grandes Lagos. Una especie invasiva es un organismo que causa daño a la ecología o al entorno de una zona de la que no es originario. Los mejillones cebra y quagga aparecieron en los Grandes Lagos hace varias décadas. Probablemente llegaron con transatlánticos europeos. Estos mejillones se pegan a superficies duras, como son las rocas y los cascos de los barcos.

Los mejillones cebra y quagga causan problemas a los investigadores de los naufragios y para la conservación de los restos. A veces pueden superponerse en capas de varias pulgadas de espesor, haciendo difícil tanto la identificación de un naufragio como la toma de medidas exactas. Quitar los mejillones puede causar daños en los navíos hundidos. También podría desprenderse algún trozo bajo el peso de los mejillones acumulados.

AL DESCUBIERTO

Las tormentas y naufragios dieron pie a la construcción de faros. Hay un total de 388 faros en los Grandes Lagos, de los cuales 300 se utilizan en la actualidad para ayudar a los barcos a navegar.

GARRY KOZAK, UN BUZO LEGENDARIO

Garry Kozak comenzó a bucear en los Grandes Lagos en 1962. Quería encontrar naufragios cuyas ubicaciones eran desconocidas. Después de unos años buceando realizando operaciones relacionadas con pozos petrolíferos, Kozak volvió a los Grandes Lagos para iniciar una empresa de recuperación de naufragios. Después de buscar durante 9 años, localizó el *Dean Richmond*, que desapareció en el lago Erie en 1893. Kozak ahora es considerado un experto en operaciones de búsqueda submarinas y utiliza la tecnología avanzada del sonar para localizar naufragios.

Más de 100 años después de su hundimiento, los buzos todavía pueden leer el nombre en el casco del *Nelson*. Los mejillones cebra aún no han invadido esta zona del lago Superior.

CAMBIO CLIMÁTICO Y NAUFRAGIOS

Los científicos creen que puede existir relación entre el **cambio climático** y el deterioro de los naufragios. Un clima más cálido supone menos hielo en los lagos, aumento de la **evaporación** y niveles más bajos del agua. Esto podría dejar naufragios poco profundos expuestos a las olas, al hielo y al aire, lo que ocasionaría un deterioro más rápido. El cambio climático también puede afectar a la calidad del agua, haciendo más difícil a los buzos encontrar y explorar naufragios históricos.

El cambio de niveles del agua también puede hacer que el sedimento del subsuelo cambie, ya sea mostrando, o bien enterrando los naufragios. Las nuevas ubicaciones pudieran dar luz a descubrimientos muy interesantes, pero entonces los problemas surgen si la gente puede visitarlos demasiado fácilmente. Los buzos aficionados pueden estropear sin querer el lugar o llevarse objetos deliberadamente.

Mientras que el futuro de los naufragios es incierto, arqueólogos y exploradores con seguridad continuarán descubriendo más acerca de estos artefactos asombrosos en los Grandes Lagos. Sus historias vivirán para siempre.

AL DESCUBIERTO

El festival de *Great Lakes Shipwreck* se celebra anualmente en Michigan cada febrero. Este festival cinematográfico homenajea los naufragios de los Grandes Lagos y a la gente que los busca y los estudia.

PROTEGIENDO NUESTRA HISTORIA

Con tantos naufragios en los Grandes Lagos, no es sorprendente que se hayan establecido zonas protegidas con el fin de ayudar a conservar estas importantes ubicaciones arqueológicas submarinas. Thunder Bay en el lago Hurón es solamente una de muchas zonas protegidas. Más de 200 naufragios han tenido lugar allí. Numerosos museos de los Grandes Lagos también conservan y comparten los artefactos y las historias de los históricos naufragios. ¡Localiza la historia de algún naufragio la próxima vez que visites uno de los Grandes Lagos!

Hoy, el promedio de vida de un barco en los Grandes Lagos es de 40 a 50 años. Es más o menos el doble que el de un barco que navega en agua salada.

GLOSARIO

artefacto: algo hecho por gente en el pasado.

cambio climático: cambio a largo plazo en la meteorología de la Tierra debido en parte a las actividades humanas, tales como la quema de combustible y carbón.

cápsula del tiempo: recipiente que se llena de cosas del presente para ser abierto en algún momento en el futuro.

desastre: suceso repentino que causa mucho sufrimiento y pérdida a muchas personas.

documentar: registrar algo por escrito, en fotografía o de otra manera.

evaporación: proceso que transforma un líquido, como el agua, en un gas.

goleta: barco rápido y resistente que por lo general tiene dos mástiles.

huracán: tormenta que comienza sobre las aguas del océano con fuertes vientos y lluvias.

medio ambiente: todo lo que está alrededor de un ser vivo.

Revolución Industrial: cambio rápido y fundamental de la economía en los siglos XVIII y XIX marcado por la introducción de maquinaria motorizada.

sonar: una forma de utilizar ondas sonoras submarinas para encontrar objetos o distancias. También, un tipo de máquina que ayuda a los científicos a explorar el océano por medio de ondas sonoras.

tecnología: forma en que la gente hace algo utilizando herramientas, y esas mismas herramientas.

vehículo operado remotamente: robot submarino sin gente en su interior conectado a un barco por cables, desde donde se maneja.

PARA MÁS INFORMACIÓN

LIBROS

Bekkering, Annalise. *Great Lakes*. New York, NY: AV2 by Weigl, 2013.

MacDonald, Cheryl. *Shipwrecks of the Great Lakes: Tales of Courage—and Cowardice*. Toronto, ON, Canada: Lorimer, 2010.

Marsh, Carole. *The Mystery on the Great Lakes*. Peachtree City, GA: Gallopade International, 2009.

SITIOS DE INTERNET

Facts About the Great Lakes
sciencewithkids.com/science-facts/facts-about-the-great-lakes.html
Visita este sitio web para conocer datos curiosos sobre los cinco Grandes Lagos.

Indiana Shipwrecks Virtual Tours
www.in.gov/dnr/lakemich/8526.htm
Haz una visita a cuatro naufragios en el lago Michigan.

ÍNDICE